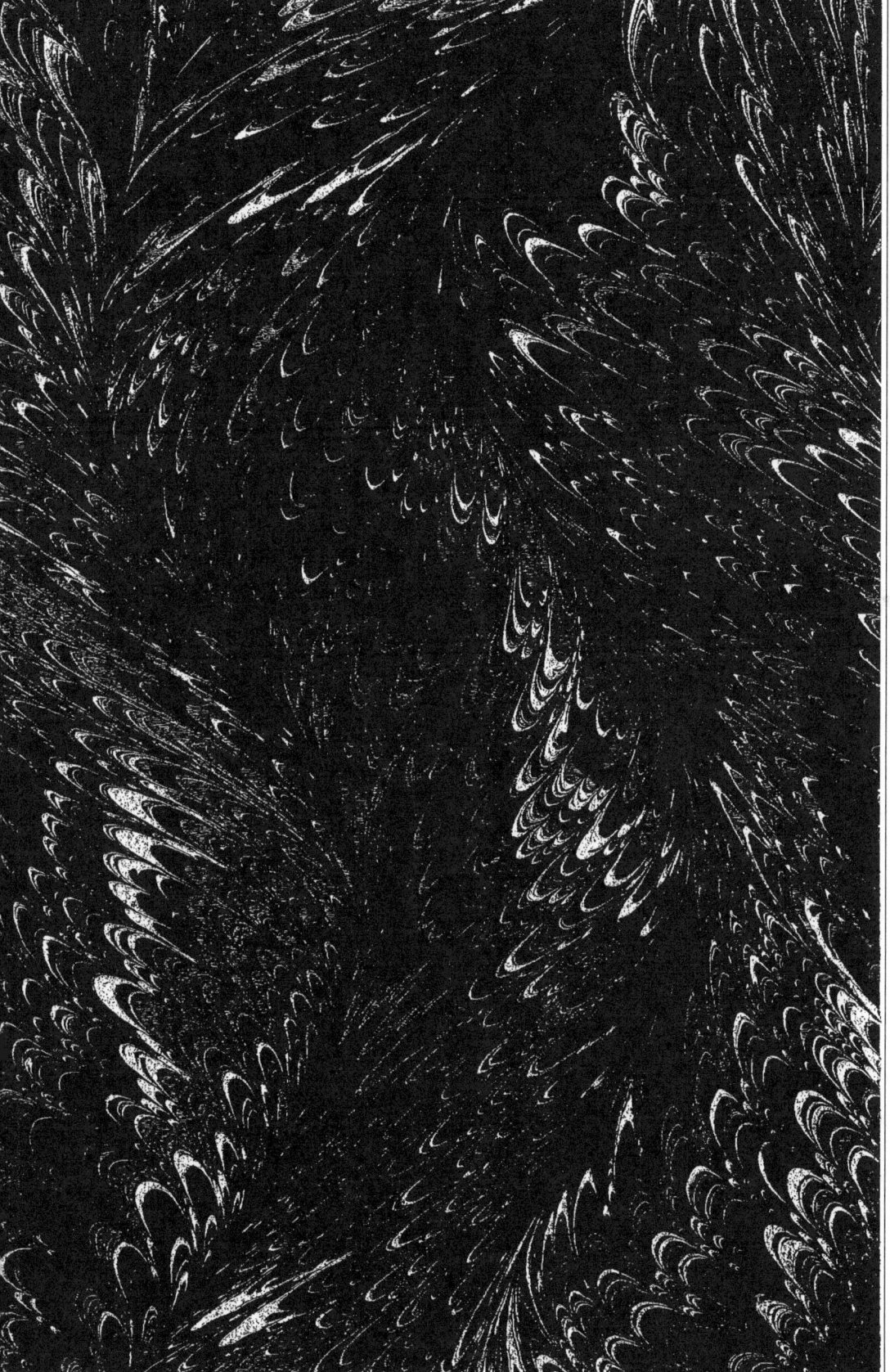

Poèmes Philosophiques

—

LA MAISON DU BERGER

PROLOGUE

—

EXTRAIT DE LA REVUE DES DEUX MONDES
DU 15 JUILLET 1844

LA

MAISON DU BERGER

POÈME

PAR LE Cᵀᴱ

ALFRED DE VIGNY

PARIS

IMPRIMERIE DE H. FOURNIER ET Cᵉ
RUE SAINT-BENOÎT, 7

—

1844

LA
MAISON DU BERGER.

POÈME.[1]

LETTRE A EVA.

I.

Si ton cœur, gémissant du poids de notre vie,
Se traîne et se débat comme un aigle blessé,
Portant comme le mien, sur son aile asservie,
Tout un monde fatal, écrasant et glacé;
S'il ne bat qu'en saignant par sa plaie immortelle,
S'il ne voit plus l'amour, son étoile fidèle,
Éclairer pour lui seul l'horizon effacé;

[1] Ce poème est le prologue du volume des *Poèmes philosophiques* de M. Alfred de Vigny, dont les quatre premiers : *la Sauvage, la Mort du Loup, la Flûte, le Mont des Oliviers*, ont été publiés dans cette *Revue*.

Si ton ame enchaînée, ainsi que l'est mon ame,
Lasse de son boulet et de son pain amer,
Sur sa galère en deuil laisse tomber la rame,
Penche sa tête pâle et pleure sur la mer,
Et cherchant dans les flots une route inconnue,
Y voit, en frissonnant, sur son épaule nue,
La lettre sociale écrite avec le fer;

Si ton corps, frémissant des passions secrètes,
S'indigne des regards, timide et palpitant;
S'il cherche à sa beauté de profondes retraites
Pour la mieux dérober au profane insultant;
Si ta lèvre se sèche au poison des mensonges,
Si ton beau front rougit de passer dans les songes
D'un impur inconnu qui te voit et t'entend,

Pars courageusement, laisse toutes les villes;
Ne ternis plus tes pieds aux poudres du chemin,
Du haut de nos pensers vois les cités serviles
Comme les rocs fatals de l'esclavage humain.
Les grands bois et les champs sont de vastes asiles,
Libres comme la mer autour des sombres îles.
Marche à travers les champs une fleur à la main.

La Nature t'attend dans un silence austère;
L'herbe élève à tes pieds son nuage des soirs,
Et le soupir d'adieu, du soleil à la terre,
Balance les beaux lys comme des encensoirs.
La forêt a voilé ses colonnes profondes,
La montagne se cache, et sur les pâles ondes
Le saule a suspendu ses chastes reposoirs.

Le crépuscule ami s'endort dans la vallée,
Sur l'herbe d'émeraude et sur l'or du gazon,
Sous les timides joncs de la source isolée
Et sous le bois rêveur qui tremble à l'horizon,
Se balance en fuyant, dans les grappes sauvages,
Jette son manteau gris sur le bord des rivages,
Et des fleurs de la nuit entr'ouvre la prison.

Il est sur ma montagne une épaisse bruyère
Où les pas du chasseur ont peine à se plonger,
Qui plus haut que nos fronts lève sa tête altière,
Et garde dans la nuit le pâtre et l'étranger.
Viens-y cacher l'amour et ta divine faute;
Si l'herbe est agitée ou n'est pas assez haute,
J'y roulerai pour toi la Maison du Berger.

Elle va doucement avec ses quatre roües,
Son toit n'est pas plus haut que ton front et tes yeux;
La couleur du corail et celle de tes joues
Teignent le char nocturne et ses muets essieux.
Le seuil est parfumé, l'alcove est large et sombre,
Et là, parmi les fleurs, nous trouverons dans l'ombre,
Pour nos cheveux unis, un lit silencieux.

Je verrai, si tu veux, les pays de la neige,
Ceux où l'astre amoureux dévore et resplendit,
Ceux que heurtent les vents, ceux que la mer assiége,
Ceux où le pôle obscur sous sa glace est maudit.
Nous suivrons du hasard la course vagabonde.
Que m'importe le jour, que m'importe le monde?
Je dirai qu'ils sont beaux quand tes yeux l'auront dit.

Que Dieu guide à son but la vapeur foudroyante
Sur le fer des chemins qui traversent les monts,
Qu'un Ange soit debout sur sa forge bruyante,
Quand elle va sous terre ou fait trembler les ponts
Et, de ses dents de feu dévorant ses chaudières,
Transperce les cités et saute les rivières,
Plus vite que le cerf dans l'ardeur de ses bonds!

Oui, si l'Ange aux yeux bleus ne veille sur sa route,
Et le glaive à la main ne plane et la défend,
S'il n'a compté les coups du levier, s'il n'écoute
Chaque tour de la roüe en son cours triomphant,
S'il n'a l'œil sur les eaux et la main sur la braise;
Pour jeter en éclats la magique fournaise,
Il suffira toujours du caillou d'un enfant.

Sur ce taureau de fer qui fume, souffle et beugle,
L'homme a monté trop tôt. Nul ne connaît encor
Quels orages en lui porte ce rude aveugle,
Et le gai voyageur lui livre son trésor;
Son vieux père et ses fils, il les jette en otage
Dans le ventre brûlant du taureau de Carthage,
Qui les rejette en cendre aux pieds du Dieu de l'or.

Mais il faut triompher du temps et de l'espace,
Arriver ou mourir. Les marchands sont jaloux.
L'or pleut sous les charbons de la vapeur qui passe,
Le moment et le but sont l'univers pour nous.
Tous se sont dit : « Allons! » — mais aucun n'est le maître
Du dragon mugissant qu'un savant a fait naître;
Nous nous sommes joués à plus fort que nous tous.

Eh bien! que tout circule et que les grandes causes
Sur des ailes de feu lancent les actions,
Pourvu qu'ouverts toujours aux généreuses choses
Les chemins du vendeur servent les passions.
Béni soit le Commerce au hardi caducée,
Si l'Amour que tourmente une sombre pensée
Peut franchir en un jour deux grandes nations.

Mais à moins qu'un ami menacé dans sa vie
Ne jette, en appelant, le cri du désespoir,
Ou qu'avec son clairon la France nous convie
Aux fêtes du combat, aux luttes du savoir;
A moins qu'au lit de mort une mère éplorée
Ne veuille encor poser sur sa race adorée
Ces yeux tristes et doux qu'on ne doit plus revoir,

Évitons ces chemins. — Leur voyage est sans graces,
Puisqu'il est aussi prompt, sur ses lignes de fer,
Que la flèche élancée à travers les espaces
Qui va de l'arc au but en faisant siffler l'air.
Ainsi jetée au loin, l'humaine créature
Ne respire et ne voit, dans toute la nature,
Qu'un brouillard étouffant que traverse un éclair,

On n'entendra jamais piaffer sur une route
Le pied vif du cheval sur les pavés en feu;
Adieu, voyages lents, bruits lointains qu'on écoute,
Le rire du passant, les retards de l'essieu,
Les détours imprévus des pentes variées,
Un ami rencontré, les heures oubliées,
L'espoir d'arriver tard dans un sauvage lieu.

La distance et le temps sont vaincus. La science
Trace autour de la terre un chemin triste et droit.
Le Monde est rétréci par notre expérience
Et l'équateur n'est plus qu'un anneau trop étroit.
Plus de hasard. Chacun glissera sur sa ligne
Immobile au seul rang que le départ assigne,
Plongé dans un calcul silencieux et froid.

Jamais la Rêverie, amoureuse et paisible
N'y verra sans horreur son pied blanc attaché;
Car il faut que ses yeux sur chaque objet visible
Versent un long regard, comme un fleuve épanché;
Qu'elle interroge tout avec inquiétude,
Et, des secrets divins se faisant une étude,
Marche, s'arrête et marche avec le col penché.

II.

Poésie! ô trésor! perle de la pensée!
Les tumultes du cœur, comme ceux de la mer,
Ne sauraient empêcher ta robe nuancée
D'amasser les couleurs qui doivent te former.
Mais si tôt qu'il te voit briller sur un front mâle,
Troublé de ta lueur mystérieuse et pâle,
Le vulgaire effrayé commence à blasphémer,

Le pur enthousiasme est craint des faibles ames
Qui ne sauraient porter son ardeur ni son poids.
Pourquoi le fuir? — La vie est double dans les flammes.
D'autres flambeaux divins nous brûlent quelquefois :
C'est le Soleil du ciel, c'est l'Amour, c'est la Vie;
Mais qui de les éteindre a jamais eu l'envie?
Tout en les maudissant, on les chérit tous trois.

La Muse a mérité les insolens sourires
Et les soupçons moqueurs qu'éveille son aspect.
Dès que son œil chercha le regard des satyres,
Sa parole trembla, son serment fut suspect,
Il lui fut interdit d'enseigner la sagesse.
Au passant du chemin elle criait : largesse!
Le passant lui donna sans crainte et sans respect.

Ah ! fille sans pudeur! fille du saint Orphée,
Que n'as-tu conservé ta belle gravité!
Tu n'irais pas ainsi, d'une voix étouffée,
Chanter aux carrefours impurs de la cité.
Tu n'aurais pas collé sur le coin de ta bouche
Le coquet madrigal, piquant comme une mouche,
Et, près de ton œil bleu, l'équivoque effronté.

Tu tombas dès l'enfance, et, dans la folle Grèce,
Un vieillard t'enivrant de son baiser jaloux
Releva le premier ta robe de prêtresse,
Et, parmi les garçons, t'assit sur ses genoux.
De ce baiser mordant ton front porte la trace;
Tu chantas en buvant dans les banquets d'Horace,
Et Voltaire à la cour te traîna devant nous.

Vestale aux feux éteints! les hommes les plus graves
Ne posent qu'à demi ta couronne à leur front;
Ils se croient arrêtés, marchant dans tes entraves,
Et n'être que poète est pour eux un affront.
Ils jettent leurs pensers aux vents de la tribune,
Et ces vents, aveuglés comme l'est la fortune,
Les rouleront comme elle et les emporteront.

Ils sont fiers et hautains dans leur fausse attitude,
Mais le sol tremble aux pieds de ces tribuns romains.
Leurs discours passagers flattent avec étude
La foule qui les presse et qui leur bat des mains;
Toujours renouvelé sous ses étroits portiques,
Ce parterre ne jette aux acteurs politiques
Que des fleurs sans parfums, souvent sans lendemains.

Ils ont pour horizon leur salle de spectacle;
La chambre où ces élus donnent leurs faux combats
Jette en vain, dans son temple, un incertain oracle,
Le peuple entend de loin le bruit de leurs débats;
Mais il regarde encor le jeu des assemblées
De l'œil dont ses enfans et ses femmes troublées
Voient le terrible essai des vapeurs aux cent bras.

L'ombrageux paysan gronde à voir qu'on dételle,
Et que pour le scrutin on quitte le labour.
Cependant le dédain de la chose immortelle
Tient jusqu'au fond du cœur quelque avocat d'un jour.
Lui qui doute de l'ame, il croit à ses paroles.
Poésie, il se rit de tes graves symboles,
O toi des vrais penseurs impérissable amour!

Comment se garderaient les profondes pensées
Sans rassembler leurs feux dans ton diamant pur
Qui conserve si bien leurs splendeurs condensées?
Ce fin miroir solide, étincelant et dur,
Reste des nations mortes, durable pierre
Qu'on trouve sous ses pieds lorsque dans la poussière
On cherche les cités sans en voir un seul mur.

Diamant sans rival, que tes feux illuminent
Les pas lents et tardifs de l'humaine Raison!
Il faut pour voir de loin les peuples qui cheminent
Que le Berger t'enchâsse au toit de sa Maison.
Le jour n'est pas levé. — Nous en sommes encore
Au premier rayon blanc qui précède l'aurore
Et dessine la terre aux bords de l'horizon.

Les peuples tout enfans à peine se découvrent
Par-dessus les buissons nés pendant leur sommeil,
Et leur main, à travers les ronces qu'ils entr'ouvrent,
Met aux coups mutuels le premier appareil.
La barbarie encor tient nos pieds dans sa gaîne.
Le marbre des vieux temps jusqu'aux reins nous enchaîne,
Et tout homme énergique au dieu Terme est pareil.

Mais notre esprit rapide en mouvemens abonde,
Ouvrons tout l'arsenal de ses puissans ressorts.
L'invisible est réel. Les ames ont leur monde
Où sont accumulés d'impalpables trésors.
Le Seigneur contient tout dans ses deux bras immenses,
Son Verbe est le séjour de nos intelligences
Comme ici-bas l'espace est celui de nos corps.

III.

Éva, qui donc es-tu? Sais-tu bien ta nature?
Sais-tu quel est ici ton but et ton devoir?
Sais-tu que pour punir l'homme, sa créature,
D'avoir porté la main sur l'arbre du savoir,
Dieu permit qu'avant tout, de l'amour de soi-même
En tout temps, à tout âge, il fît son bien suprême,
Tourmenté de s'aimer, tourmenté de se voir.

Mais si Dieu près de lui t'a voulu mettre, ô femme!
Compagne délicate! Éva! sais-tu pourquoi?
C'est pour qu'il se regarde au miroir d'une autre ame,
Qu'il entende ce chant qui ne vient que de toi:
— L'enthousiasme pur dans une voix suave.
C'est afin que tu sois son juge et son esclave
Et règnes sur sa vie en vivant sous sa loi.

Ta parole joyeuse a des mots despotiques,
Tes yeux sont si puissans, ton aspect est si fort,
Que les rois d'Orient ont dit dans leurs cantiques
Ton regard redoutable à l'égal de la mort;
Chacun cherche à fléchir tes jugemens rapides...
— Mais ton cœur, qui dément tes formes intrépides,
Cède sans coup férir aux rudesses du sort.

Ta pensée a des bonds comme ceux des gazelles,
Mais ne saurait marcher sans guide et sans appui.
Le sol meurtrit ses pieds, l'air fatigue ses ailes,
Son œil se ferme au jour dès que le jour a lui;
Parfois, sur les hauts lieux d'un seul élan posée,
Troublée au bruit des vents, ta mobile pensée
Ne peut seule y veiller sans crainte et sans ennui.

Mais aussi tu n'as rien de nos lâches prudences,
Ton cœur vibre et résonne au cri de l'opprimé,
Comme dans une église aux austères silences
L'orgue entend un soupir et soupire alarmé.
Tes paroles de feu meuvent les multitudes,
Tes pleurs lavent l'injure et les ingratitudes,
Tu pousses par le bras l'homme... il se lève armé.

C'est à toi qu'il convient d'ouïr les grandes plaintes
Que l'humanité triste exhale sourdement.
Quand le cœur est gonflé d'indignations saintes,
L'air des cités l'étouffe à chaque battement.
Mais de loin les soupirs des tourmentes civiles,
S'unissant au-dessus du charbon noir des villes,
Ne forment qu'un grand mot qu'on entend clairement.

Viens donc, le ciel pour moi n'est plus qu'une auréole
Qui t'entoure d'azur, t'éclaire et te défend;
La montagne est ton temple et le bois sa coupole,
L'oiseau n'est sur la fleur balancé par le vent,
Et la fleur ne parfume et l'oiseau ne soupire
Que pour mieux enchanter l'air que ton sein respire;
La terre est le tapis de tes beaux pieds d'enfant.

Eva, j'aimerai tout dans les choses créées,
Je les contemplerai dans ton regard rêveur
Qui partout répandra ses flammes colorées,
Son repos gracieux, sa magique saveur :
Sur mon cœur déchiré viens poser ta main pure,
Ne me laisse jamais seul avec la Nature;
Car je la connais trop pour n'en pas avoir peur.

Elle me dit : « Je suis l'impassible théâtre
Que ne peut remuer le pied de ses acteurs;
Mes marches d'émeraude et mes parvis d'albâtre,
Mes colonnes de marbre ont les dieux pour sculpteurs.
Je n'entends ni vos cris ni vos soupirs; à peine
Je sens passer sur moi la comédie humaine
Qui cherche en vain au ciel ses muets spectateurs.

« Je roule avec dédain sans voir et sans entendre,
A côté des fourmis les populations;
Je ne distingue pas leur terrier de leur cendre,
J'ignore en les portant les noms des nations.
On me dit une mère et je suis une tombe.
Mon hiver prend vos morts comme son hécatombe,
Mon printemps ne sent pas vos adorations.

« Avant vous j'étais belle et toujours parfumée,
J'abandonnais au vent mes cheveux tout entiers,
Je suivais dans les cieux ma route accoutumée,
Sur l'axe harmonieux des divins balanciers.
Après vous, traversant l'espace où tout s'élance,
J'irai seule et sereine, en un chaste silence
Je fendrai l'air du front et de mes seins altiers. »

C'est là ce que me dit sa voix triste et superbe,
Et dans mon cœur alors je la hais et je vois
Notre sang dans son onde et nos morts sous son herbe
Nourrissant de leurs sucs la racine des bois.
Et je dis à mes yeux qui lui trouvaient des charmes :
Ailleurs tous vos regards, ailleurs toutes vos larmes,
Aimez ce que jamais on ne verra deux fois.

Oh! qui verra deux fois ta grace et ta tendresse,
Ange doux et plaintif qui parle en soupirant?
Qui naîtra comme toi portant une caresse
Dans chaque éclair tombé de ton regard mourant,
Dans les balancemens de ta tête penchée
Dans ta taille indolente et mollement couchée
Et dans ton pur sourire amoureux et souffrant?

Vivez, froide Nature, et revivez sans cesse
Sous nos pieds, sur nos fronts, puisque c'est votre loi,
Vivez, et dédaignez, si vous êtes déesse,
L'homme, humble passager, qui dut vous être un roi;
Plus que tout votre règne et que ses splendeurs vaines,
J'aime la majesté des souffrances humaines,
Vous ne recevrez pas un cri d'amour de moi.

Mais toi, ne veux-tu pas, voyageuse indolente,
Rêver sur mon épaule, en y posant ton front?
Viens du paisible seuil de la maison roulante
Voir ceux qui sont passés et ceux qui passeront.
Tous les tableaux humains qu'un Esprit pur m'apporte,
S'animeront pour toi quand, devant notre porte,
Les grands pays muets longuement s'étendront.

Nous marcherons ainsi, ne laissant que notre ombre
Sur cette terre ingrate où les morts ont passé;
Nous nous parlerons d'eux à l'heure où tout est sombre,
Où tu te plais à suivre un chemin effacé,
A rêver, appuyée aux branches incertaines,
Pleurant, comme Diane au bord de ses fontaines,
Ton amour taciturne et toujours menacé.

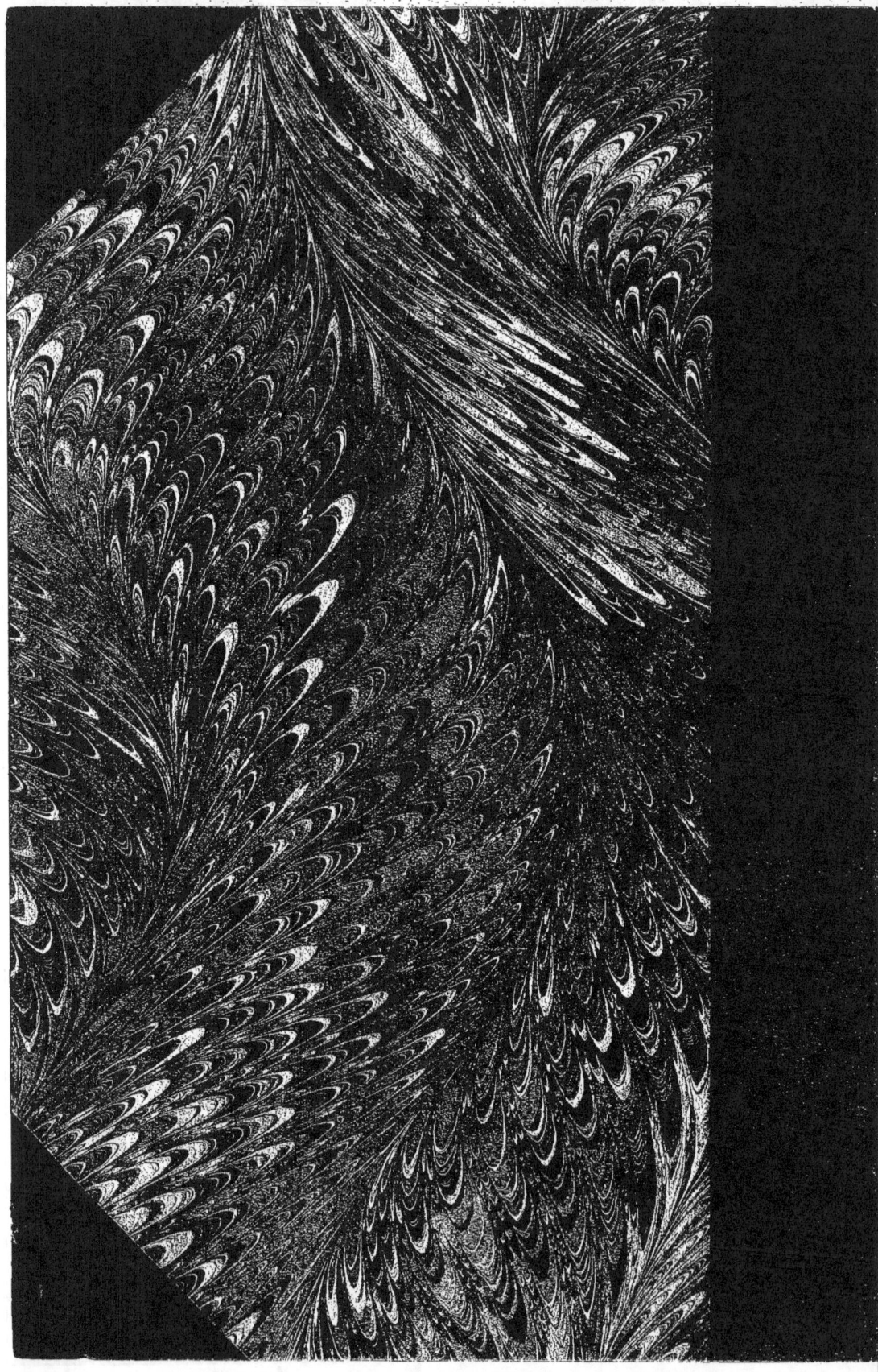

ALFRED DE VIGNY — LA MAISON DU BERGER